消逝的青春

青春

My lost youth

英语经典诗歌选译

（三集）

[英] 雪莱等 著

王纯真 译

江苏大学出版社
JIANGSU UNIVERSITY PRESS

镇 江

图书在版编目（CIP）数据

消逝的青春：英语经典诗歌选译. 三集/（英）雪莱等著；王纯真译. — 镇江：江苏大学出版社，2022.1
ISBN 978-7-5684-1709-9

Ⅰ.①消… Ⅱ.①雪… ②王… Ⅲ.①英语诗歌—诗集—世界 Ⅳ.①I112

中国版本图书馆 CIP 数据核字（2021）第 277949 号

消逝的青春：英语经典诗歌选译. 三集

Xiaoshi de Qingchun：Yingyu Jingdian Shige Xuanyi. San Ji

著　　者/［英］雪莱等
译　　者/王纯真
责任编辑/柳　艳
出版发行/江苏大学出版社
地　　址/江苏省镇江市梦溪园巷 30 号（邮编：212003）
电　　话/0511-84446464（传真）
网　　址/http：//press.ujs.edu.cn
排　　版/镇江文苑制版印刷有限责任公司
印　　刷/镇江文苑制版印刷有限责任公司
开　　本/890 mm×1 240 mm　1/32
印　　张/4.375
字　　数/90 千字
版　　次/2022 年 1 月第 1 版
印　　次/2022 年 1 月第 1 次印刷
书　　号/ISBN 978-7-5684-1709-9
定　　价/40.00 元

如有印装质量问题请与本社营销部联系（电话:0511-84440882）

谢读者

（代序）

无意闯入英诗林，
绚丽风景四时新。
博得同道会心笑，
海角何须觅知音。

目 录
Contents

上辑

美国诗歌

消逝的青春

朗费罗

我常常想起那个美丽的小镇①，
那小镇坐落在大海之滨。
想象中，我走在
它亲切的大街小巷，
青春，仿佛又回到我的身上。
那一首拉普兰②的歌谣，
依然在我的记忆中回荡：
"男孩的愿望就是风的愿望，
青年的思绪悠长，悠悠长。"

我看见小镇的绿树成行，浓阴匝地，
无意间会瞥见，
远方环绕的大海的闪光，
还有岛屿，我童年梦幻中的金苹果园③，
那首古老的谣曲，
是我心头的惆怅。
它轻声低语，倾诉着：
"男孩的愿望就是风的愿望，
青年的思绪悠长，悠悠长。"

我记得那些乌黑的码头和船台，
汹涌的潮水随心地翻卷；
还有那长着络腮胡子的西班牙水手，
船的神秘，船的美，
海的无常，海的魔幻。
而那首任性的谣曲，
还在唱，还在呼喊：
"男孩的愿望就是风的愿望，
青年的思绪悠长，悠悠长。"

我想起岸边的防波堤，
山上的古堡；
黎明时分，沉闷的枪声催人起床，
鼓声咚咚不停地响，
伴着那尖利的号角声声。
而那首古老歌谣的旋律，
依然在我的记忆中颤动：
"男孩的愿望就是风的愿望，
青年的思绪悠长，悠悠长。"

我记得年代久远的一次海战④，
喧哗的潮水上空，滚动着隆隆的炮声。
战死的船长，从坟墓里，
眺望着平静的海湾，
那里的战斗让他们永闭了双眼。

而那首悲伤的谣曲，
让我感受了心灵的震撼：
"男孩的愿望就是风的愿望，
青年的思绪悠长，悠悠长。"

我看见清风吹拂的果园，
感受到鹿林苑的绿荫清凉；
重新体验了陈年的友情，萌芽的初恋，
连同安息日的一点动静——
从静悄悄的邻家，传来鸽子咕咕的清音。
而那首甜美的老歌
还在低声哼唱，随风轻飏：
"男孩的愿望就是风的愿望，
青年的思绪悠长，悠悠长。"

我记得从童年的脑海里掠过的
那些欢快的火花，莫名的忧郁；
那心灵深处的牧歌和静谧，
一半是预见，
一半是狂野的向往，枉费的心机。
而不停歇地欢唱着的
还是那首变化多端的谣曲：
"男孩的愿望就是风的愿望，
青年的思绪悠长，悠悠长。"

有些事情，不能说；
有些梦境，不会忘；
有些想法，让坚强的心
变得虚弱无力，
招来面色的惨白，眼的迷茫。
而那首宿命的歌谣，它的词儿
像一股寒气来到我心上：
"男孩的愿望就是风的愿望，
青年的思绪悠长，悠悠长。"

当我回到这亲爱的古镇，
让我惊讶，它改变了的模样；
乡土的空气清新而芬芳，
绿树给每条大街撒下阴凉；
树枝儿上下飘动，
呼啸着，低声倾诉着，
唱着那首动听的歌：
"男孩的愿望就是风的愿望，
青年的思绪悠长，悠悠长。"

鹿林苑依然有明丽的风光，
我的心又回到那里，
带着几乎是痛苦的欢欣，
在往昔的梦境里，
我找回了消逝的青春。

而那首奇异的美妙的歌，

小树林还在低吟，还在浅唱：

"男孩的愿望就是风的愿望，

青年的思绪悠长，悠悠长。"

注

① 美丽的小镇：指美国缅因州的波特兰市（Portland），朗费罗的故乡。

② 拉普兰：位于北欧地区。 从挪威、瑞典、芬兰北部伸展到俄罗斯西北角，大部分在北极圈内。 拉普兰土著居民拉普人自古以放鹿为生。

③ 金苹果园：希腊神话中位于大地极西端的果园，园里长着一棵结金果的苹果树。 大地之神盖亚在宙斯与赫拉结婚时将它赠送给赫拉。

④ 1831 年，美国轮船公司与英国轮船公司在波特兰港口发生冲突，双方船长在枪战中死亡，后皆安葬于门桥山（Munjoy）。

攀 登

朗费罗

夜幕匆匆落下，
笼罩在阿尔卑斯山村的上空；
一个年轻人，在冰天雪地里行走，
举着一面旗，旗上有奇文——
　　　攀登！

他的额头昏暗，眼睛
像出鞘的弯刀般闪亮，
陌生的口音呼喊着，
宛如银色的号角吹响——
　　　攀登！

他看见家家户户的灯火
温暖而明亮，
高处是幽灵似的冰川的光影；
他双唇间吐出呻吟之声——
　　　攀登！

"莫闯那险关！"老者说，

"黑暗让风暴在头顶低悬，
咆哮的洪流深又宽！"
那个号角似的声音响亮地回应——
　　　攀登！

"住下吧"，少女说，
"让你疲倦的头靠在我的胸前！"
泪水涌进他明亮的蓝色的眼，
伴着叹息，他的回答仍然是那一声——
　　　攀登！

"当心那松树的枯枝！
那可怕的雪崩危险！"
这是那农夫最后的问候，
高高在上，一个声音在回答——
　　　攀登！

天色破晓，圣伯纳寺院
虔诚的教士走向山巅，
发出不断重复的祈祷，
受惊的空气中传来一声呼喊——
　　　攀登！

一个半埋在雪堆中的旅人，
被忠实的猎犬发现；

结冰的手里紧抓着那面旗，
旗上的奇文清晰可见——
　　　　攀登！

在灰蒙蒙的黎明的严寒中，他躺着，
没有了生气，却依然俊美；
从静谧而遥远的天际
传来一个声音，
像坠落的星辰的轰鸣——
　　　　攀登！

乌　鸦

爱伦·坡

一个阴沉的午夜，我沉思默想，伴着困倦，
几乎忘却的往事纷至沓来，搅成光怪陆离的一片；
瞌睡中忽听到"砰砰"的声音，
是谁在轻轻地敲门；
"有人来访"，我嘟囔着，
　　　　"敲我房间的门——没有啥，不要紧。"

我清楚地记得，那是凄凉的 12 月，
壁炉的余火投射在地板上，影子散乱；
我急切地盼着明天，徒劳地想从书里找到安慰，
安慰我悲伤的心田：悲伤我失去的丽诺，
那光彩照人的少女，天使们叫她丽诺，把她称赞，
　　　　在这里，她却默默无闻，直到永远。

紫色的窗帘轻柔地晃动，窸窣之声诡异而凄凉，
我心里有种从未体验过的恐怖和紧张；
为了消解心中的慌乱，我站在那里反复地念叨：
不过是有客来造访，
有个晚客想到寒舍来串门，

　　　　没有啥，不要慌。

我的心灵立刻变得坚强，不再犹豫：
"先生"，我说，"也许您是女士，我真诚地请求您的原谅；
情况是，当你来敲门，我正在瞌睡中，
声音那样小，我实在听不清。"
说罢，我把门打开——
　　　　漆黑一团，啥也看不见。

我伫立良久，向黑暗中窥看，心里充满了恐惧和惊诧，
像是被无人敢做的噩梦所纠缠；
一片岑寂，包裹着无言的黑暗，
只听见一声轻柔的话："丽诺！"
是我说的；还有那低低的回声："丽诺！"
　　　　仅此而已，别的无所闻见。

身心像裹住一片火，我返回房间。
一会儿又是一声"砰"，响声超过以前；
"对啦"，我说，"肯定是窗台上有点什么事——
让我去瞧瞧那里的情况，解开这个谜，
让我心平静些，解开这个谜团——
　　　　没有啥，是风儿在打转！"

我打开百叶窗，一只乌鸦出现在我眼前，
像是来自久远的年代，神情威严，

不给人行礼，又不停地打转，

带着一副贵族的派头，在我的房门上，

在房门上面的雅典娜①雕像上——

  栖息着，蹲坐着，神态俨然。

这只乌黑的鸟，以其一脸严肃的样子

把我可悲的想象化成了笑颜。

"尽管你的羽冠做了修剪"，我说，"看得出你是个好汉，

你资深的乌鸦，一身的威严，来自那幽黑的彼岸②，

请告诉我你的尊姓大名，在你那阴间。"

  乌鸦答曰："南无莫。"③

听到这丑禽如此直率的回答，尽管它没啥意思，

我还是感到万分惊诧；

我们不能不承认，没有谁

会有幸看到房门上的鸟儿，

看到房门上面的雕像上的鸟儿，

  竟然叫作"南无莫"。

那乌鸦寂寞地停在娴静的雕像上，

似乎把它的全部灵魂倾注在那一句话。

它静立不动，不再吭声，

我趁机轻轻地对它说：别的朋友已经来过，

但愿乌鸦君明天就飞走，正像我的希望也曾飞翔过。

  那鸟儿答曰："南无莫。"

我感到惊异，打破寂静的是如此得体的回答。
"毫无疑问"，我说，"它语库里的全部家当就是那句话"，
它有过一个不幸的主人，他不断地祈福，祈求希望与平安，
可是无情的灾难却接二连三，
好运没有来，严酷的绝望催生了
　　　　　那悲情的回答："南无莫！"

不过那乌鸦还是把我悲伤的心灵化作了笑颜，
我推来一把轮椅，放在鸟儿、雕像和房门前，
在丝绒垫子上落座，我开始浮想联翩：
这只来自往昔的不祥的鸟儿，
这只瘦骨嶙峋的阴森森的不祥的丑禽的鸣叫
　　　　　"南无莫" 到底有什么内涵。

我坐在那里揣测，但一个字也没有对它讲，
它的眼睛似乎穿透了我的内心深处，像火一样：
这些都是我的推度，
头靠在轮椅的丝绒衬里上，
这紫色的丝绒衬里，正处在灯光的映照下，
　　　　　而她，却再也不会靠着它！

这时我发觉，空气变得浓郁，有一只隐形的香炉散发芬芳，
是一群天使把香炉摇动，她们的脚步在地板上轻轻地响。
"家伙"，我大声喊叫，"你的神灵让天使给你送来解痛剂
和忘忧药④，让人从记忆中抹去丽诺。"

"好吧，就让我痛饮这药液，然后忘却那失去的丽诺！"
　　　　乌鸦答曰："南无莫。"

"预言家！"我说，"你这坏家伙！鸟也好，魔也罢，你毕竟
是预言家，不管你是撒旦派来的，还是被风暴抛上了岸，
你孤苦伶仃而又一身是胆，来到这个着了魔的荒原，
这个惕息不安的家园——实话告诉我，
在吉利山⑤是否有——是否有疗苦镇痛的仙丹？"
　　　　乌鸦答曰："南无莫。"

"预言家！"我说，"你这坏家伙！鸟也好，魔也罢，你毕竟
是预言家，苍天在上，我们共同崇奉的神明在上，告诉这
悲伤欲绝的人，在遥远的伊甸园⑥
是否拥抱了一个圣徒，是否接纳了一个光彩照人的少女，
天使们把她叫作'丽诺'？"
　　　　乌鸦答曰："南无莫。"

"就凭这句话，我们必须分道扬镳，不管你是鸟还是撒旦"，
我突然跳起，厉声叫喊："回到你那黑幽幽的彼岸！
不要留下一根羽毛，那是你心灵撒谎的象征！
离开我房门上面的雕像，不要破坏我的孤寂和安宁，
从我的房门上远走高飞，让你的长喙不再啄我心灵！"
　　　　乌鸦答曰："南无莫。"

停歇在我房门上面的雅典娜雕像上，

那乌鸦仍旧不肯振翅，仍旧蹲坐不动；

它的眼睛酷似那梦幻中的精灵，

灯光把它的影子投射到地板上，

我的灵魂却再也不能

      从那浮动的黑影上升腾！

注

① 雅典娜：希腊神话中的智慧和艺术女神，雅典城邦的主神。

② 幽黑的彼岸：原文 the nightly shore 和下一行中的 the Night's Plutonion shore 皆指阴间。Pluto（普路托）是死神，地狱的统治者。

③ 南无莫：原文 nevermore 意为"永不再""决不再"。

④ 忘忧药：传说中希腊人用的一种解愁的药物。

⑤ 吉利山：位于约旦河以东，加利利海和死海之间。《圣经·耶利米书》："吉利没有药膏吗？"

⑥ 伊甸园：原文 Aidenn 是作者采用的含混地名，暗指伊甸园（Eden）。

伊斯拉斐尔

爱伦·坡

天使伊斯拉斐尔，其心弦为一诗琴，
乃仙人中嗓音最美者。

———《可兰经》

有个仙子住在天堂，
　　"她的心弦是一诗琴"；
天使伊斯拉斐尔
无人唱歌比得上。
（传说是）眩晕的星星听见歌声着了魔，
　　默默无言，停了奏乐。

在歌声里陶醉了——
　　月儿在高天蹒跚，
　　因为爱，羞红了脸。
火红的闪电
　　（连同那七姐妹的星座）
听歌听得出了神，
　　竟然停下不再闪。

（星星合唱队和别的生灵）
他们说
伊斯拉斐尔的激情
　　　　来自那把七弦琴，
靠它骑行，唱歌不离身。
那些非凡的琴弦
　　　　发出的音响让心灵震颤。

在天使往来的天穹，
　　　　深邃的思想是一种使命。
那里的爱神是成熟的神祇，
那里的神女
　　　　目光中溢满了美与柔情，
是我们星球的崇敬。

因此，你没有错，伊斯拉斐尔，
你蔑视那种
　　　　没有热情的歌；
荣誉属于你，
　　　　最优秀的诗人，有最大的智慧宝藏，
欢快地生活，地久天长！

上天的欢乐
　　　　与你热烈的行动相呼应，
你的悲，你的喜，你的恨，你的爱，

呼应着你的诗琴的激情——
足以让群星静默无声！

是的，这里是你的天空，
但这个世界交织着欢欣与伤痛；
我们的花草平平常常，
而你洪福齐天，些微恩泽
就是我们灿烂的阳光。

倘若我能住在
　　伊斯拉斐尔的地方，
　　她住在我的家乡，
她不可能把世俗的歌曲唱得那样好；
而我的七弦琴将发出
　　更加清晰嘹亮的乐音，
在无际的天穹荡漾。

有一次我经过一个人烟稠密的城市

惠特曼

有一次，我经过一个人烟稠密的城市，
脑海里留下深刻的印象——
　　　它的市容和建筑，它的风俗与传统；
而今那个城市，我记得的只有一个萍水相逢的女人，
因为爱我而迟滞了我的行程；
日日夜夜我们守在一起，
别的事早已忘得干干净净。
我记得的只有那个热情洋溢地缠住我的人，
我们徘徊，我们相爱，我们又分开，
她一次又一次拉住我的手——
　　　我不能走！
我看见她紧靠在我的身旁，默默无语，神情忧伤。

草叶(《草叶集》卷首题诗)

惠特曼

来吧，我的灵魂说，

让我们为我的肉体写下这些诗章，

(因为灵肉本为一体)

待我死后无形无迹地归来，

或者很久很久以后，在异国他乡

对着一群伙伴，

我会重新唱诵这些诗篇，

(合着大地，树林，天风，波涛的喧阗)

我会带着满意的微笑一直唱，

永远承认这些诗歌是我的作品。

此时此地，我首先

代表肉体和灵魂，

签上我的名字。

秋

狄金森

晨光更柔和，
坚果变棕黄。
浆果的面颊丰润，
城外的玫瑰绽放。

枫树戴起艳丽的头巾，
田野披上了红装。
我也要略施粉黛，
免得落后于时尚。

殉美

狄金森

我为美而亡，
但在坟里尚未安顿好，
一个为真而死的人
在隔壁的墓穴里下葬。

他温和地问我为何而死？
"为美"，我说。
"而我是为真，二者实为一体；
我们是兄弟"，他说。

就这样，像亲人在夜里相逢，
我们隔墙攀谈，
直到那青苔长到我们的唇边，
我俩的名字也被遮掩。

晚曲

西德尼·拉尼尔

看吧，亲爱的，在漫漫黄沙的那边，

大海在幽会夕阳，

在四方陆地众目睽睽下，长久地亲吻。

啊，我们的吻更久，更长。

夕阳在大海里消融，海面像红酒一样，

恰似埃及明珠融化在玫瑰酒里，

让克娄巴特拉女王①痛饮而尽觞。

好了，亲爱的，把你的手放在我的手中央。

出场吧，可爱的星辰，来安慰天宇的心扉，

闪耀吧，海浪，没有你，沙滩一片幽暗；

啊，黑夜！你能把太阳与天空分开，

但我们唇相亲，手相牵，永远无法隔断。

注　① 克娄巴特拉女王：克娄巴特拉七世（前69—前30），埃及女王，以美貌
著称。王朝覆灭后，埃及沦为罗马帝国一省。

雏菊

弗兰克·谢尔曼

夜晚准备去上床，
见天上星星闪闪亮；
它们是雪白的小雏菊，
点缀着夜空大牧场。

我常常梦见
月儿在天空徘徊；
那是一位女士，美丽而可爱，
那里正把雏菊采。

等我清晨起了床，
天上星星全不见；
她把星星摘下又扔下，
扔到小城的草地上。

理查德·柯里

埃德温·罗宾逊

每当柯里进城来，
街上的行人都朝他看：
他是个地道的绅士，
仪表堂堂，颀长的身材叫人羡。

他的穿着质朴无华，
言谈举止文质彬彬，
问安时更显得和蔼可亲，
走起路来，有奕奕神采。

柯里是个富人，他的财富胜过国王，
他受过良好教育，有着方方面面的涵养；
简言之，我们以为他样样好，
谁都希望能活得像他一样。

就这样，我们不停地干活，等候那幸运之光，
食无肉糜，面包粗如糠。
在夏天一个平静的夜晚，
柯里回到家，朝他的头开了一枪。

忠诚

弗罗斯特

海岸对海洋的奉献，
是你能想到的最大的忠诚——
坚守着一个地段的曲线，
承受着千万遍重复的飞溅。

雾

卡尔·桑德堡

轻轻地，雾飘来，
像小猫迈方步。
它悄悄地弯下腰，
向港市的四周环顾，
然后，又接着赶路。

港湾

卡尔·桑德堡

走过那些拥挤而简陋的屋舍墙垣，
门口的女人们
睁着饥火相煎的双眼；
嗷嗷待哺者伸出的
手的影子萦绕在心间。
走出那些拥挤而丑陋的屋舍墙垣，
我实然来到这城郊，
眼前出现了一片湖水的蔚蓝，
长波激浪在阳光下翻涌，
浪花在岸边飞溅；
一大群海鸥上下翻飞，像滚滚的风暴，
灰色的翅膀映着雪白的肚皮，
在海阔天空里，自由自在地飞旋，转弯，飞旋。

坛子的轶事①

瓦莱斯·斯蒂芬斯

我把一个坛子放到田纳西②，
坛子圆圆的，立在小山上。
小山成了中心，
凌乱的荒野也变样。

荒野起身向着小山围拢，
在它的周围伸展，不再狂野凌乱，
坛子圆圆的，顶天立地，
巍巍然，带着一种庄严。

灰色的坛子光溜溜，
统领着四周各处的荒原。
它不会繁衍鸟雀和灌木丛，
不同于田纳西的任何物种。

注　① 作者将象征艺术的坛子与田纳西的荒野相对比，探讨了艺术与大自然之间的关系。
② 田纳西：美国中南部的一个州。

红色小推车

威廉·卡洛斯·威廉斯

这么多的事
全靠
一辆小红车
担当

车上的雨珠
晶亮
一群小白鸡
闲逛

风景线——伊卡洛斯的坠落①

威廉·卡洛斯·威廉斯

按照布鲁盖尔②的说法
伊卡洛斯的坠落
是在春天

一个农夫
在耕田
适逢那一年

盛大的场面
亲身感受到
附近轰响的震颤

海的边缘
与这事有点干系
它有点不安

海水在阳光下滚热地涌动
太阳
把蜡做的翅膀熔断

离海岸不远
无人注意到
泼剌剌水的飞溅

那就是
伊卡洛斯
坠落人间

注　　① 据希腊神话，伊卡洛斯之父代达罗斯因犯罪从雅典逃到克里特岛，被国
王弥诺斯关进迷宫。 代达罗斯用蜂蜡粘结羽毛做成翅膀，和儿子一道飞
走。 途中，伊卡洛斯因飞得太高，阳光融化了蜂蜡，以致坠海而死。
② 布鲁盖尔（1525—1569），尼德兰文艺复兴时期画家。

春天与万物

威廉·卡洛斯·威廉斯

去传染病医院的路上，
见到汹涌的云层中有蓝色的斑点，
被凛冽的东北风驱赶着。
远处是辽阔而泥泞的原野，
枯草或立或伏，棕色的一片。

一湾一湾的死水，
散散落落的大树。

沿路长满了灌木丛和小树——
红的，紫的，或挺拔直立，或枝丫纠结，
底下是褐色的枯叶，无叶的藤蔓。
表面上没有生机，死气沉沉
而茫然的春天即将来临。

它们赤裸裸地进入新世界，
冷冷地，一切皆在未定中——
只知道它们已经进来，
周围依旧是熟悉的寒风。

当下的野草，明天
野胡萝卜坚挺的卷叶，
一个个渐渐成形——
快了：物形更明晰，叶瓣更分明；
但进入春天依然艰难——
不过，深刻的变化
已然发生，扎下了根，
往下紧紧地抓住，开始苏醒。

一文钱

提斯代尔

我把一文钱，
放在心灵的金库里；
时光拿不走，
窃贼偷不去。

一桩美好的事，
放在记忆中珍藏，
远胜过铸造
一个金冠的国王。

文静的女孩

兰斯顿·休斯

我想把你比作
无星的夜空
而你的眼睛明亮赛星星

我想把你比作
无梦的睡眠
你的歌声却像梦幻

穿越地狱

布鲁克斯

我把蜂蜜留下，把面包放在
罐子和橱柜里，随我的意。
做好标记，封盖得严严实实，
直到我从地狱回来的日子。
我饥肠辘辘，半死不活，
啥时候吃下顿，无人告诉我，
除了叫我等待，无人给我承诺。
我两眼紧盯着，那希望的火星闪烁；
祈盼着，那苦难的日子终于熬到了尽头，
那时候，双腿还能拖着我行走，
心智正常，还记得回家的路，
味觉尚未麻木，仍旧是那个
喜吃蜂蜜和面包的老头。

疯婆子

布鲁克斯

我不想唱五月之歌，
五月之歌曲调欢乐。
我要等到十一月，
唱一首忧郁的歌。

我要等到十一月，
那段时光属于我。
我将在昏黑的寒夜出行，
唱支歌叫人胆战心惊。

所有的小人儿
会盯着我，说：
"那是个疯婆子，
她不愿在五月里唱歌。"

祝福

詹姆斯·赖特

离通向罗切斯特①的高速公路不远，

草地上闪烁着柔和的微光。

两匹印第安小马驹，

变得幽暗的眼里，透出善良。

它们欢快地从柳林中走出，

向我的朋友和我表示欢迎。

越过铁蒺藜，我们走进那牧场，

它们整天在那里吃草，孤零零。

小马有点紧张地发出轻微的声音，

对我们的到来，抑不住心中的高兴。

它们羞答答鞠躬行礼，像成婚的天鹅，相爱终生。

没有谁像它们那样孤独清静。

回到马厩，它们就会大嚼春天的嫩草，在黑暗中。

我真想抱住那匹苗条的小马驹，

它走到我跟前，把我的左手触碰，

黑白相间的肌肤，

前额上有披散的长鬃。

和风飘动，催我去把它的长耳轻抚，
那耳朵竟像女孩手腕的皮肤一样柔滑，
我突然意识到，倘若我走出我的躯体，
我定会开出一树繁花。

注 　① 罗切斯特：美国明尼苏达州城市。

下辑

英国诗歌

十四行诗（70）

斯宾塞

新春是爱情君王的信使，

它的纹章上装饰着

奇花异草，姹紫嫣红，

大地一片生机，欣欣向荣。

去给我的爱人捎个话，

她正在冬闺里，无忧无虑沉睡未醒。

告诉她，欢乐的时光不会停留，

要抓住机会莫踌躇，

叫她尽快地梳妆好，

站到姑娘队里把爱神迎候。

谁若错过了青春的机缘，

应得的惩罚就得承受。

抓紧吧，亲爱的，抓紧这锦瑟年华，

消逝的青春一去不回头。

别哭了，伤心的喷泉

约翰·多兰

别哭了，伤心的喷泉，
为何要这样快地涌流飞溅？
你看那天上的太阳，是怎样
一点一点地销蚀着雪山。
但我的太阳的天眼
看不见你的哭泣，
它正在安卧入眠，
平静地，平静地，安卧
入眠。

睡眠是一种和谐，
休憩才得安澜。
君不见旭日东升总是笑容满面，
明丽悦目，即便是日落西山？
休息吧，悲伤的眼睛，
莫让它在泪水中消融，
趁它还在安睡入梦，
平静地，平静地，安睡
入梦。

世界是个大戏台

莎士比亚

世界是个大戏台，
男男女女皆演员。
你方唱罢我登场，
众多角色一生演，
七幕戏七个年龄段。
首先是婴儿，让奶妈抱着，
又哭又呕闹得欢。
接着是背书包的学童，红光满面，
拖着脚步，像蜗牛一样行走，
上学终究不情愿。
然后是情人，像炉灶一样长吁又短叹，
写了一首悲歌，把情妇的眉毛来礼赞。
然后是长着豹子胡的士兵，
满嘴脏话，脾气火爆，
追求泡沫似的功名，炮口前面不要命。
接着是法官：肥鸡塞满，大腹便便，
目光严厉，胡须整齐，
满嘴是当代的案例，智慧的格言，
一本正经把戏演。

第六个是丑角——
穿拖鞋的瘦老头，
眼镜戴在鼻子上，烟袋挂身边；
年轻时穿的紧身裤保存完整，
穿在细瘦的腿上太宽松；
响亮的嗓子变成尖厉的童音，
像喇叭哨子齐发声。
最后一幕，结束这变幻无常的离奇剧：
十足幼稚，全然忘却，仿佛回到襁褓中，
无牙，无目，无味觉，一切成了虚空。

十四行诗（109）

莎士比亚

不要说我是负心汉，

虽然别离拘束了我的情焰；

我的灵魂歇息在你的心胸，

抛开你就等于舍弃我的生命。

这里是我爱情的家园：纵然我漫游四方，

像旅人，我终归要回到故乡。

没有浪费时间，没有蜕变于流逝的岁月，

无须带回圣水，把一身的污秽涤荡。

勿信人言，说我的本性

有困扰众生的病象，

遭到如此荒唐的玷污，

竟然会无缘无故地抛弃你的贤慧与善良。

这大千世界我本无所求，

只有你，我的珍爱，

才是我生命中的全部宝藏。

高贵的天性

琼森

身躯粗壮，像树干一样，
并不能保证你的善良；
橡树耸立三百载，
到头来变成干枯的圆材。
五月的百合只开一天，
当夜就会萎谢，
却无比地美丽而绚烂。
它是真正的植物，
光明之花令人欣羡。
规模小，美更显明，
历程短，人生会更加圆满。

朱莉雅的衣裳

罗伯特·赫里克

每逢朱莉雅穿上丝绸的裙衫上路，
我总是想起水波的荡漾，
那潇洒的风姿，流动的霓裳。

我注目观赏，只见
她身前身后的美妙的颤动，
熠熠生辉的光景，震撼了我的心房。

无题

罗伯特·赫里克

我就这样
匆匆走过
然后死去
孑然一身
从此消失
无痕无迹

夏娃对亚当说

——《失乐园》片断

弥尔顿

与你交谈，我忘了时间，

忘了季节和季节的转换，这些都让人喜欢。

早晨空气清新，晨光升起，沁人心田，

最早醒来的鸟儿嘤嘤鸣啭；

朝阳怡人，

照耀着露珠晶莹的花草，果实，树林，

阳光在欢乐的大地上洒遍；

濛濛细雨过后

富饶的大地散发着芬芳，

迎来一个温馨的，令人愉悦的傍晚；

夜静鸟儿鸣，

皓月当空，繁星满天。

但是，没有你，这一切——

不管是早晨清新的空气，鸟儿的鸣啭，

欢乐大地上初升的太阳，

露珠晶莹的花草，阵雨后的芬芳，

温馨的黄昏，鸟儿低唱的夜晚，

星光闪烁，月儿巡游在中天，

都说不上美好圆满。

经验之歌

威廉·布莱克

经验的代价是什么？欢歌一曲就能买它？
智慧能用街头舞收购吗？不，要买到它
得交出人拥有的一切，老婆孩子都搭上。
收购智慧，你要去无人光顾的荒凉市场，
去干结的田地，那里农夫辛劳耕作，到头来却是白忙。

在夏天的烈日下耀武扬威，并不难，
葡萄丰收的季节，在满载谷物的马车上唱歌，也不难，
不难的是，对受苦人宣讲忍耐的道理，
不难的是，向无家可归的流浪汉谈论节俭的法规，
冬季，听饥饿的乌鸦号叫是不难的，
还有，当血管里掺和着红酒和羊羔骨髓的时候。
并不难，向着暴怒的老天哈哈大笑，
并不难，听门外犬吠，牛在屠场哀哀鸣冤，
不难的是，在每一阵大风里看见神仙，收到祝福，
是雷暴摧毁了仇家的屋舍，却给我们带来爱的祝愿，
是庆幸枯萎病毁了仇人的庄稼，疫病夺去仇人的子孙，
而我们的门口有绿叶纷披的葡萄和橄榄，
我们的孩子把鲜花与水果送到跟前。

于是，人们会忘却呻吟和哀愁，

忘却在磨坊里辛苦劳瘁的奴隶，

忘却戴枷的俘虏，监狱里的穷人，还有战场上的士兵——

头破血流倒地呻吟时，会觉得周围的死者比他们幸运。

在繁闹的营帐里欢歌喜幸，并不难，

我也会欢歌，会喜幸，但这不是我的意愿。

扫烟囱的孩子

威廉·布莱克

妈妈死的时候我很小，
我还不会呜呜哭
爸爸就把我卖掉，
就这样，我来扫烟囱，在煤烟里睡觉。

有个孩子叫汤姆，头发卷曲像羊毛，
每次剃头都要哭，我就对他说：
"咳，汤姆，没关系，头发剃光光——
煤烟无法把你的头发弄肮脏。"

汤姆于是心安定，就在那一夜，
他梦见的情景令人心惊！
成千上万个扫烟囱的孩子——狄克、杰克、奈德、乔，
统统锁进了黑棺中。
一个天使走过来，手里的钥匙铮铮亮，
打开棺材就把孩子放，
他们欢蹦乱跳，走进一个苍翠的平野，
在河里洗澡，接受阳光照。

赤裸着雪白的身子把袋子摺，

他们升到彩云上，在风中嬉闹，

那天使告诉小汤姆：要想做个好孩子，

他要认上帝作爸爸，一辈子都会乐陶陶。

汤姆一觉醒过来，我们摸黑都起床，

拿起袋子刷子把工上。

虽说早晨寒，汤姆身上暖和心里欢，

要是大家都尽责，不怕灾祸到身边。

春

威廉·布莱克

吹起长笛！
它至今无声息；
百鸟欢歌，
日夜不息；
夜莺低吟，
在山谷里；
云雀腾飞在天际，
欢欢喜喜，迎新岁，欢欢喜喜。

男孩子，
满心喜悦；
女孩子，
娇小可爱；
公鸡打鸣，
你们也喊叫；
欢快的话语，
婴儿的闹声，
欢欢喜喜，迎新岁，欢欢喜喜。

小羊羔儿，
我在这里；
过来过来，
亲亲我的脖颈。
让我拉一拉
你身上的软毛；
让我吻吻
你柔润的脸儿；
欢欢喜喜，迎新岁，欢欢喜喜。

歌

威廉·布莱克

我爱那欢快的舞，
我爱那柔声轻飏的歌，
少女咬舌说着悄悄话，
天真无邪的眼光扫四方。

我爱那笑盈盈的峡谷，
我爱那回声缭绕的山岭，
那里欢乐永在，
小伙子喜笑颜开。

我爱那怡人的村舍，
我爱那简朴的凉棚，
园地交错着白色与褐色的条块，
像正午的果实那样鲜明。
我爱那橡树荫下的橡木座椅，
老农在那里聚会，
笑看我们嬉戏。

我爱所有的邻居——

然而，凯蒂，我更爱你；
我会一直关爱他们，
你，却是我的命根子。

我的心在高原①

彭斯

我的心在高原，我的心不在这儿，
我的心在高原，追逐那鹿群，
追逐那野鹿，跟踪那狍子，
我的心在高原，不管我在何处安身。

告别高原，告别北方，
那是勇武气概的诞生地，人生价值的故乡；
不管我漂泊到哪里，流浪至何方，
我钟爱的高原群山永不会忘。

再见了，白雪皑皑的群山，
再见了，山下翠谷的芬芳；
再见了，莽莽苍苍的森林和凌空生长的野树，
再见了，汹涌的激流和洪水的轰响。

我的心在高原，我的心不在这儿，

我的心在高原，追逐那鹿群，

追逐那野鹿，跟踪那狍子，

我的心在高原，不管我在何处安身。

注 ① 高原：指英国北部的苏格兰高地。

我有过奇异的激情

——组诗《露茜》之一

华兹华斯

我有过奇异的激情，
我敢于说出，
但只告诉亲历过恋爱的人——
那一次发生了什么事情。

我的爱人一天天成长，
像六月的玫瑰鲜艳绽放，
那一天我绕道去她的小屋，
头顶着一轮傍晚的月亮。

我注视着那一轮明月，
辽阔的草地向远方伸展，
我的马步履如飞向前奔，
那一条条小路对我显得很亲近。
我们来到了果树林，
登上小丘纵目望，
只见那月亮向着露茜的小屋
慢慢地下沉，越来越近。

我沉醉在甜美的梦境里，
是仁慈的大自然的隆情深恩！
我的眼睛一直盯着
那渐渐下沉的月轮。

马蹄得得向前奔，
一程一程不歇停；
当我们走近那小屋，
月落天际无踪影。
情人的脑海里闪过的想法，
会有多么痴情而怪诞——
"天哪！"我对着自己高声叫：
"难道露茜已归天！"

三年，在阳光和风雨中成长

——组诗《露茜》之二

华兹华斯

三年，她在阳光和风雨中成长。
上苍说：
"如此可爱的花儿，
地上从未曾开放；
我要亲自照料这孩子，
她是我的，我要她成为我的新娘。

"对于我的爱女，我既是法规，
又是激励的力量；
在山野和树林，陆地和天空，
所到之处她总会
感受到悉心地照料，
不管她是热情迸发，还是克己慎行。

"她将像小鹿一样活蹦乱跳，
在野性勃发中
穿过草坪，
翻山越岭；
她的身心有如兰之馨香，

她的气质有如木石之娴静。

"飘飞的云朵赋于她几分悠闲，
杨柳树向她弯腰致敬；
即使在风暴的运动中
她也会看到一种优雅，
这种优雅，潜移默化地
帮助她塑造了少女的仪容。

"子夜的星辰，她会觉得亲近，
在那些僻静之地，
她侧耳倾听天籁之音：
小溪蜿蜒任性流，
水声潺潺润心头，
正是满面生辉的时候。

"欢乐非凡的心情
培育了她绰约的风姿：
胸部丰满，体态娉婷；
我将把这些想法告诉露茜，
当我们一起生活
在这欢乐的林谷之中。"

上苍如此说，任务已完成——
露茜的行程竟然如此匆匆！

她死了，留给我
这一片石楠，这一片宁静，和这静穆的风景；
还有往事如烟的回忆，
这一切，都不会再发生。

颂歌① (节译)

——组诗《露茜》之三

华兹华斯

1

有过那样的一段岁月——

草坪，树林，溪流，大地，

以至每一种平凡的景物，对于我

都像是沐浴在神圣的荣光里，

像梦幻一样新鲜而明丽。

如今时过境迁，

不管目光投向何方，

在黑夜还是白天，

我见过的那些景物再也不见。

2

彩虹出现又消隐，

蔷薇花开惹人怜；

月儿欣喜四外张望，

见玉宇澄清，天际茫茫。

繁星密布的夜晚，

一片片水光潋滟；

待晴日，阳光灿烂辉耀人间。

但我知道，不管我走到哪里，

那种带有天国荣耀的壮美已从大地上消散。

3

而今，百鸟欢唱，

羊羔儿蹦蹦跳跳

仿佛应和着小鼓的音响，

我心里却涌起一阵悲伤；

及时地排遣，让思想松快，

我重又变得坚强。

瀑布在悬崖上轰鸣；

我的苦痛不会损伤这当令的时光。

我听到那回声穿越大山，

风从沉睡的田野吹来，

陆地与海洋一样欢快。

怀着五月的心

每一个生灵都像

过节一样开怀。

你快活的孩子

在我身边大叫，

让我听见你的呼喊，

你欢乐的牧羊少年。

注 │ ① 本诗原有副标题：童年回忆中永生的暗示。

一阵安睡封闭了我的灵魂

华兹华斯

一阵安睡封闭了我的灵魂；
我没有了恐惧——
她似乎再也不能
感受岁月抚慰的情意。

她不动，她无力，
不闻不见无声息；
跟着地球转动，周而复始，
连同树林和岩石。

这世界

华兹华斯

这世界对我们实在太过分，
从早到晚，我们劳神费力，
自然界的东西却很少属于我们。
为了一份可怜的恩泽，献出整个身心！

海洋向月亮袒露出它的胸怀，
大风呼啸，昼夜不停，
眼下却在收拢，像困倦的花儿睡意朦胧；
对于这一切，我们似乎不合拍——
无动于衷。

天哪！我情愿
做一个异教徒，把陈腐的教条信奉，
站在赏心悦目的草地上
近观，远眺，让心里少一些凄凉，
看普洛透斯①从海水里跃起，
听特里同②把他弯弯的号角吹响。

注　① 普洛透斯：希腊神话中的一个早期海神，老人形象，能变成任何形状，可预言未来。

② 特里同：希腊神话中古代的海上精灵，波塞冬的儿子。 人身鱼尾，手握海螺发出响声，使海洋波涛翻滚或风平浪静，是海上自然力的化身。

入梦

华兹华斯

一群绵羊悠闲地走过，一只接着一只；

淅淅沥沥的雨声，蜜蜂营营；

飞流直下的瀑布，海涛，天风，

平展展的田野，白茫茫的水面，清澈的天空；

各种景象轮番想起，可总是不能入梦！

一会儿过后，从我园子里的树上，

传来鸟儿的啁啾；

还有布谷的第一声哀鸣。

就这样，昨夜，还有前两夜，

我无法得到你，入梦！

无论如何，别让我虚耗此夜，

没有你，何来宝贵的晨光？

来吧，你是白昼与白昼之间的天佑屏障，

你是母亲，孕育出健康的体魄，清新的思想。

致布谷

华兹华斯

啊，欢乐的新客！我听过，
我听过你的歌，
啊，布谷，我该把你叫作鸟儿，
还是流动之声的精灵？

当我躺在草地上，
我听见你重叠的鸣声，
从山巅到山巅，
忽近——忽远。

你喋喋不休，只对着那山谷唱，
山谷里阳光洒满，鲜花怒放，
你给我带来的故事，
恍若隔世的幻象。

春天的宠儿，三倍地欢迎！
然而对于我，你
不是鸟，而是隐形的精魂，
一个谜团，一个声音。

这声音我听过，那时候
我还是一个小学生，那样的鸣叫
让我千方百计地追寻，
在灌木丛，在树梢，在天空。

追寻你，我常常
穿越树林，走上草地；
而你却依然是一个希望，一种爱，
依然是一个渴求，却从未见过踪影。

现在，我听见你的歌声，
我能安卧在原野倾听，
直到我能重温
金色年华的旧梦。

啊，幸福的鸟儿，
我们来往走动的这块土地，
仿佛是虚妄的梦幻，
对于你倒是个宜居的家园。

苏珊的遐想

华兹华斯

三年了，每当曙光初现，
总有一只鸫鸟在伍德街的拐角徘徊，高声鸣叫，
可怜的苏珊从那里走过，听过
那鸟的歌声在早晨的静寂中回旋。

那鸣声是叫人着魔的；她怎么了，那个苏珊？
她看见高岭巍巍，林木葱茏的幻景，
闪亮的烟雾，一团团从洛思伯里飘过，
一条河在齐普萨山谷穿行。

她看见谷中绿油油的牧场，
她曾在那山谷行走，提着一只小桶；
一座孤零零的小屋，像鸽子窝，
那是这地球上她所钟爱的唯一住所。

她四处张望，她的心却升到了天堂，
一切都在消隐：烟雾和江河，林荫和冈峦；
水不再奔流，山不再高耸，
五颜六色，全都从她的眼里消散。

画赞

——为博蒙特准男爵之神品而作

华兹华斯

赞美艺术，以其神妙之力；

遏止行云，赋予绚丽之形；

它不让一缕轻烟逃逸，

不让灿烂的阳光弃白昼，径自去；

旅人休憩在路途，

随后将消失在阴凉的林地；

波平如镜的水面上，轻舟自横，

永久地泊在隐蔽的湾里。

抚慰灵魂的艺术！

晨昏亭午，都给你

提供了变幻莫测的壮观，

你，怀着谦虚而又崇高的抱负，

把神圣永恒中的宁静

给了从飞逝的时光中捕捉到的一瞬间，

让芸芸众生开眼。

我们七个

华兹华斯

一个天真的孩子，
欢欢喜喜地活着，
浑身是盎然的生机，
能知道什么——关于死？

我见过一个农家的女孩，
她才八岁，她的
浓浓密密的头发，
在头上拢聚。

她身上有乡村的质朴，山林的野性，
她的穿着率性而随便；
眼睛秀美，好看，
俊俏的模样让我喜欢。

小姑娘，兄弟和姐妹
你们几个人？
"几个？一共是七个"，她说，
好奇地望着我。

"她们在哪里？求你告诉我。"
她回答："我们共七个；
两个住康威，
两个出海去。

"两个睡在教堂的墓地，
姐姐和弟弟。
我和妈妈
住在墓地旁边的小屋里。"

"你说两个住康威，
两个出海去，
而你们现在是七个，求你告诉我，
亲爱的孩子，这是怎么一回事？"

女孩回答：
"男孩女孩共七个；
两个躺在教堂墓地里，
墓地的树下好休息。"

"孩子，你在东奔西跑到处玩，
手脚灵活有精神；
要是有两个安卧在墓地，
那你们就还有五个人。"

"他们的坟看得见，青青的"，
小女孩说，
"离妈妈的门口只有十二步，也许不止，
两个坟是并排的。

"我常在那里织袜子，
给我的手帕缝边儿，
坐在地上，
给他俩唱个曲儿。

"每当太阳下了山，先生，
常常是天地轻快风景美，
我端起我的小碗儿，
就在那里把饭吃。

"头一个死的，是姐姐简，
到了青草干枯的时候，
弟弟约翰，还有我
就绕着她的坟墓一起玩。

"当地面盖满了白雪，
我跑步又滑行，
弟弟约翰不得不离开这世间，
眼下就躺在她身边。"

"那么你们现在是几个",我说,
"如果两个升天了?"
小姑娘的回答很爽快:
"噢,先生,我们七个。"

"可是那两个已去世,他们已经死!
他们的灵魂安息在天堂里!"
这些话说了也白说,
小姑娘始终在坚持:
"不,我们是七个!"

诗人和笼鸟

华兹华斯

每当我在这里
把未完稿的歌谣吟咏，
从附近的柳条笼里
那只斑鸠就会给我回应。
这囚徒顿时咕咕鸣叫，
尽管它以前像一片叶子那样安静。
它是在传授它的一套家学，
还是在支持我脆弱的文心和诗兴？

我宁可这样想：那温顺的鸽子
是在责备我，
怪我不该冷落了
那些抒发爱情的诗歌。
我这个高山低谷的吟游者，
尽情地欢唱自然，
似乎鸽子与夜莺
都与我无情无缘。

要是你这样想，啊，可爱的鸟儿，

不要再让我含冤；
爱情，神佑的爱情，
一直是我诗歌的灵魂；
在小树林，在静谧的炉火边，
爱情把欢乐与活力注入我的诗篇——
那斑鸠又在咕咕——
不是责备，
我觉得，这是鼓舞！

未造访的雅鲁①

华兹华斯

从斯特林城堡上看去，
迷宫般的福尔斯河一目了然；
走过了克拉德河与泰依河的峭岸，
把特威德河的风光看遍；
当我们来到克洛文富德，
亲爱的小妹对我说：
"不管发生什么事，都要放一边，
雅鲁河的堤岸一定要看看。"

让雅鲁河的老乡回到雅鲁去吧，
他们从塞尔科克来，一直在那里做买卖，
那地方是他们的故乡，
每个姑娘都应回到自己的家乡。
让苍鹭在雅鲁河的岸上觅食，
野兔在蹲伏，家兔洞里藏；
沿着特威德河，我们要顺流而下，
不会朝雅鲁转向。

就在我们的前面，

有里特河淤地，加拉川，
有德拉耶镇，那里
特威德河的潺潺流水伴着林鸟的合唱；
特维特山谷的土地，
经过耕作，成了欢乐的田园；
为何要虚耗一天的宝贵时间，
把雅鲁探访？

雅鲁不过是一条纯粹的河，
从黑乎乎的山脚下流过；
这样的地方，别处有上千个，
都值得你的惊羡！
这些话像是语气轻蔑的奇谈怪论，
让我的小妹伤心地哀声长叹；
她看看我，心想：
说到雅鲁，我怎么如此轻慢！

"啊"，我说，"雅鲁的河滩一片苍翠，
河里流淌着秀水清波；
我们将让它在这里茁壮成长；
穿行在崎岖的山路，宽阔的山谷，
然而近在咫尺，我们将不会
向雅鲁转弯。"
让家养的牛群都能
享受本密尔草原的美食，

静静的圣玛丽湖的水面上
天鹅的影子结伴儿游；
我们不会看见，我们不去，
今天不动身，明天也不走；
只要我们心里明白
有一个地方叫雅鲁。

让我们与雅鲁河缘悭一面，
否则我们将后悔不迭；
雅鲁的形象就在我们心间，
为何要让它受损生变？
珍贵的梦幻岁月早已消逝，
我们将把那些梦珍藏在心，因为
一旦到了那里，发现它风月无边美不胜收，
那也将是另一个雅鲁！

"倘若忧虑伴着暮年来临，
漫游会显得愚蠢，
那时我们将不会离乡，
生活单调，情绪低落，
心里充满忧伤；
有一件事会在生命的痛苦中抚慰我们：
这地球还有个地方值得一游——
那美丽而可爱的雅鲁河溪谷。"

注

爱

柯勒律治

一切的思想，热情与欢乐，
一切能激励这血肉之躯者，
都不过是爱神的臣子，
供给她神圣的火焰。

我常在清醒的梦境里，
重新经历那一段欢乐的时间，
那时我躺在半山坡上——
一座塔楼的废墟旁边。

月光悄悄地照临，
融进那苍茫的黄昏。
她就在那里，我的希望，我的欢乐，
我亲爱的金妮帷芙。

她斜靠着那个军人——
那戎装骑士的雕像；
站立着倾听我的歌吟，
让歌声散入暮色的苍茫。

她本是无忧无虑的，
我的希望，我的欢乐，我的金妮帷芙！
她最爱我，每当
我唱歌让她的芳心忧伤。

我现出温柔而忧郁的神情，
唱一首感人肺腑的老歌——
一首俚俗的歌，
与蛮荒的废墟恰好相称。

她倾听着，脸颊飘过一朵绯红，
她目光低垂，仪态端庄；
因为她心里明白，
我一定在盯着她的脸庞。

我唱给她听的是那骑士的故事，
他的盾徽上有火的印记；
整整十个年头，
他苦苦地追求一个绝代佳丽。

我告诉她那骑士是何等的悲伤：啊！
带着深切的，低声的，恳求的音调，
我吟唱的是别人的爱情，
却表达了我自己的衷肠。

她倾听着，脸颊飘过一朵绯红，
她目光低垂，仪态端庄；
她没有嗔怒，原谅我
深情地看着她的脸庞！

我说起一次冷漠的轻蔑，
让可爱的勇猛骑士发狂，
他翻山越岭，过河穿林，
日日夜夜不肯停歇。

出动，有时从野人的洞穴，
有时从幽暗的树荫，
有时突然跳起
从洒满阳光的林间空地。

一个美丽而伶俐的精灵，
来到骑士面前，盯着他看；
可怜的骑士啊，
他知道这是撒旦。

他不假思索
跳进杀人的匪徒之中，
救出那绝代佳丽，
让她免受残忍的凌辱。

她抱住他的膝，痛哭失声，
悉心照料他，虽说没有效果；
因为冷漠的蔑视曾使他发狂，
她尽心竭力地赎过。

在山洞里，她悉心看护那骑士，
他的躁狂已经平息；
僵卧在铺地的黄叶上，
气息奄奄，即将辞世。

他临终的话——当我唱到
这谣曲最凄婉动人的章节，
我抖动的声音和幽咽的竖琴
震惊了她慈悲的灵魂。

激励心灵和意识的一切事物，
感动着善良的金妮帷芙——
这伤心的故事，这哀婉的琴音，
这芬芳而多彩的黄昏。

希望，和激起希望的忧虑不安，
汇成难以分辨的一团；
长期抑制的柔情，
珍藏在心田！

她哭了，伴着爱怜和欣欢，
她面带红晕，因为爱和处女的羞惭；
仿佛梦中的呓语，
我听见她把我的名字呼唤。

胸部不停地起伏，她站到一边，
意识到我在盯着她看；
然后，带着羞怯的目光，
突然扑到我的身上，泣涕涟涟。

她的手臂半搂着我，
贴近我，以温柔的拥抱；
头向后仰着，
朝我深情地望。

几分是爱，几分是不安，
几分是娇羞的本领，
我确实感觉到了
她心房的跳动。

我的安慰让他的心情归于平静，
她怀着纯洁的尊严倾诉了爱的衷肠，
于是我赢得了我的金妮帷芙——
我美丽而明慧的新娘。

为什么

瓦尔特·兰德

为什么我们的欢乐总要离开，
让忧愁笼罩心怀？
我不知道。
大自然发话：
要遵命！人也就遵命。
我看见了，却不懂为啥
那玫瑰花儿凋谢，刺儿留下？

死神

瓦尔特·兰德

居高临下，死神站在我身后，
叽里咕噜，听不清说的啥；
我只知，古怪的话语里，
没有一字叫"怕"。

云雀（节译）

雪莱

欢乐的精灵，我向你致意！
你怎能算是鸟类？
从天空，从天空的近土，
你将满腔的热情倾诉，
不费思索，唱出一支又一支华丽的谣曲。

飞吧，向着更高的天空，
你从地上一飞而起，
像一片火云
越过湛蓝的天宇，
边飞边唱，边唱边飞。

西沉的太阳
放出金色的电光，
彩云熠熠生辉，
你在晴空里飞翔；
像无形的欢乐的精灵，
刚刚开始它的征程。
那一片淡淡的紫霭，

在你的旅途周围渐渐消融，

像天上的星辰

在朗朗白日隐形。

看不见你了，但我仍能听见你欢乐的歌声——

那歌声激越而响亮，

像银色天体射出的利箭，

它的强光

在拂晓的天空慢慢地暗淡，

在我们的视野里消失，却感到它仍在此间。

整个大地和高空

响彻了你的鸣声；

夜色茫茫，

从孤寂的云片后面

月华让天穹浴满银光。

我不知你是何物，

我不知你最像什么，

从彩虹的云层里从未落下

如此光彩照人的雨珠，

像你在飞翔中倾泻出的

乐音的骤雨，骤雨似的乐音。

爱的哲学

雪莱

泉水汇入江河，
江河与海洋相拥，
气流交汇，天风涌动，
是大自然的激情；
世上没有单一的事物，
万物遵循着神圣的规律，
相互结合，相互交融，
为何你我不能？

浪花相互拥抱，
高山亲吻天空；
要是姐妹花轻蔑她的弟兄，
她就不会得到宽容。
阳光紧抱大地，
月华融入海中；
要是你不吻我，
这一切亲吻又有何用？

无常

雪莱

今朝鲜花绽放，
明天就要凋残；
我们想留住的一切，
诱你一下，然后飞散。
这世间的欢乐到底何在？
闪电是对于黑夜的嘲弄，
明亮耀眼一瞬间。

美德，多么脆弱！
友谊，多么稀罕！
爱情，给了你可怜的欢愉，
到头来毕竟是心灰意懒。
这些欣喜会消退，
我们拥有的一切会消散，
人生的路还是要向前伸展。
趁晴空一片蔚蓝，
群芳争妍，
趁夜幕未落，
眼前的景物让人开颜；

趁宁静的时刻慢慢地蠕动，

做梦吧——

待一觉醒来，

你就会哭——

泪流满面。

歌

雪莱

我爱你所爱的一切，
　　欢乐的精灵！
我爱绿叶纷披的新宇，
　　和那繁星点点的夜空；
我爱清秋的薄暮时分，
　　和那金雾初起的黎明。
我爱晶莹的白雪，
　　凝霜的奇形；
我爱那惠风和畅，暴雨倾盆，波涛汹涌，
　　爱那一切的自然之形；
我爱的几乎是自然界的一切——
　　未曾污损于人类的苦境。

初恋

约翰·克莱尔

在那个时刻以前，我从未感受过爱的震撼，
那样美好，那样突然；
她的脸庞就像鲜艳的花朵，
我整个的心扉被她攻占。
我面孔变得惨白，
两腿发木，不能动弹。
要是她朝我看上一眼，
我的生命，我的一切，
仿佛会变成泥土，我又有何怨？

那时候我的血液涌上了面庞，
引我的目光投向远方；
环顾四周，正午的树木和灌丛，
变得和午夜一样黑暗，
我什么也看不清，
但我的眼睛会说出我的心愿——
它们的言语正像拨动的心弦，
血液在我心的周围燃起了火焰。

鲜花是冬天的选择吗？
爱情的苗圃是否总是飘着雪花？
她仿佛听见了我无声的话语，
但不理解爱的诉求。
我从未见过有谁的面庞
这样俊美，这样好看。
我的心跳离了它原来的位置，
再也无法回归，再也无法复位。

秋颂

济慈

雾气氤氲，果实成熟的秋，
老练的太阳是你的挚友，
你们策划，怎样
让屋檐周围的藤蔓上葡萄成串，
让布满苔藓的屋前老树果实累累，
让所有的果心里透进成熟的韵味；
葫芦天天在膨大，
榛壳胀鼓鼓，鲜美的果仁饱满；
晚季的花不停地开放，
让蜜蜂以为温暖的日子不会断，
反正夏天已把它们的黏巢填满。

你的身影常在谷仓出现，谁能不看见？
在田野，有时候你会
坐在打谷场上，轻松而悠闲，
头发在扬谷的微风中披散；
或者，躺在收割一半的田垄上，
在罂粟的花香中酣眠，
让镰刀在下一畦纠结的花草中休闲。

有时候你像个拾穗者，
昂起负重的头越过小溪，
或者，在榨汁机旁连坐几个小时，
盯着那徐徐滴下的果汁，耐心地观看。

喂，春天的歌何处寻？
哦，不要去想啦，你也有自己的乐音——
当条纹状的云装点着暮色苍茫的天空，
给遍布残株的田野涂上玫瑰的色调，
蠓虫成群，在河柳下哀鸣，
飞上飞下，跟随着
变幻无常的轻风；
成熟的羊羔在山圈里咩咩叫，
知更鸟在园里尖声呼哨，
篱边的蟋蟀在唱歌，
燕子呢喃，上下翻飞凑热闹。

短歌

R. 布朗宁

那一年正逢春天，
那一天正当清晨，
那天早晨七点正；
小山坡上露珠晶莹；
云雀展翅飞翔；
蜗牛跽伏在荆棘丛；
上帝在天宫坐镇——
相安无事，天下太平！

歌

C. 罗塞蒂

哪一天我死了，亲爱的，
为我莫唱那伤心曲；
坟上不需蔷薇来装饰，
也不需柏树的绿叶青枝——
只要那里有野草萋萋，
沾湿它，有晶莹的露珠，潇潇的雨。
记住我，要是你愿意，
忘记我，要是你愿意。

我再也看不见地上的绿荫，
我再也觉不到雨水飘洒的快意，
我再也听不到夜莺的歌声如诉如泣——
曙光不再收起，夜幕不再落下，
在永恒的梦里，
也许我还记得你，
也许我已把你忘记。

月亮疲倦了吗？

C. 罗塞蒂

月亮疲倦了吗？她面色苍白，
披着一身朦胧的轻纱；
从东向西，她掠过天穹，
不停地行进，不停地转动。
夜幕降临之前，
月亮发出惨白的光华；
不等天色破晓，她
消逝在地平线下。

上山

C. 罗塞蒂

这条路是否一直盘旋向上，曲曲弯弯？

　　是的，直到山巅。

这趟游程要花一整天？

　　是的，朋友，从早到晚。

可有过夜的农舍或客栈？

　　夜幕降临前，可找到栖身之处，你可心安。

会不会因天黑而错过机缘？

　　你不会错过那家旅店。

在旅店会邂逅别的旅人，夜晚？

　　那些先行者已经住店。

那我要不要敲门，要不要招呼，等见了面？

　　他们不会让你在门口久站。

床位够不够？[①]

　　来者皆有铺。

旅游之乐趣，旅途之劳顿，我都会感受在心间。

　　辛劳总有结果，甘苦全让你收获。

注　① 此句与下面的答句，原文放在结尾。译成汉语，似有头重脚轻难以压阵的感觉，故调至前面。

问月

托马斯·哈代

你现在韶华已逝，月亮，
我要问的是
你看到些什么光景，当你年轻时？
哦，我看见，我常看见：
美好的事物，高尚的行动，
有些事叫人心痛，有些事叫人心惊，
正午的热烈，子夜的梦。

想当年你年富力强，月亮，
孤傲冷漠，高高在上，
什么事让你沉思默想？
哦，我常想，我常想：
新生，衰朽，民族兴，人死亡，
迷醉，疯狂，
大千世界众生相。

你在天空转动，月亮，
离得远远的，脱开地球的羁绊，
可曾有啥事觉得稀罕？

是呀，我觉得好稀罕，
当耳边传来
深情的乐音，悠扬婉转，
发自人间。

在天上你转来又转去，月亮，
你对这人生到底感觉怎么样？
哦，我常想，我常想：
这人生就像一台戏，
你方唱罢我登场，
确确实实，上帝啊，
早该让它收了场。

石上的影子

托马斯·哈代

那一天我走过德鲁伊石，
见它在园里赫然兀立，惨白而孤单。
我驻足观看石上飘动的影子，
是旁边的那棵树，在有节奏地摆动，
时不时地把树影落在上面。
在我的想象中，这些树影
化作一个熟稔的人影，
是她的样子，是她劳作在花园。

我想她就在我身后，
是的，我早已懂得失去了她的陪伴；
于是我说："我相信你就在我的身后，
不过你是怎样重又走上这条旧时的小路？"
周围无声无息，只有一片树叶飘落，
作为伤心的回应；
为了抑制伤痛，
我不会回头张望，去发现
我的信念只是一场幻梦。

不过，我还是想看看

有没有人在我的后面；

我反复思量："不，这影像我不能视而不见，

她可能不知怎地就在那儿出现。"

于是我平静地从林中走开，

让她在我身后把影像留下来，

因为她确实是个幻影——

我不敢回头，以免消泯了我的幻梦。

在火车里

詹姆斯·汤姆森

我们飞驰，在火车里飞驰，
屋舍林木疾速地后退，
但平原上空的满天星斗，
还在我们的轨道上飞旋。

繁星满天，绚丽的画面，
像夜之丛林中的白鸽
在沉闷的地球上空麇集，
是我们驰行的旅伴。

我们将无所畏惧
向着远方的目标飞驰！
因为我们身边有天宇的陪伴，
而地球还在我们的脚下飞旋。

光源

F. W. 鲍迪伦

黑夜之眼有千只，
白昼仅有一只眼。
待到红日落西山，
朗朗乾坤变黑暗。

思维之眼有千只，
心灵仅有一只眼。
待到爱情破灭时，
整个人生失光源。

悔恨忧伤充满我心间

豪斯曼

悔恨忧伤充满我心间，
为了那么多好友再不能相见；
为了那些唇似玫瑰的姑娘，
为了那些身手矫健的青年。

在难以跨越的小溪边，
安卧着身手矫健的青年；
在玫瑰凋谢的田野里，
唇似玫瑰的姑娘在那里长眠。

伦敦

弗兰克·弗林特

伦敦，我美丽的城，
让我感动的
不是那日落的光景，
不是那透过银色桦林的帘幕
微光闪烁的淡青色的天空，
也不是那种闲适安宁；
不是那成群的鸟儿
在草地上
跳跳蹦蹦，
不是那夜幕
把大千世界
悄悄地罩笼。

可是，当月儿款步游动
照临树巅，
周围映衬着满天繁星，
我想到她，
想到她的清辉
润泽着的芸芸众生。

伦敦，我美丽的城，
我想爬到
丫丫叉叉的树枝当中，
攀到浴着月辉的树顶，
让我躁热的心情
在习习清风中平静。

鸿沟

凯瑟琳·曼斯菲尔德

一条沉默的鸿沟
把我俩隔断。
我在此岸，
你在彼岸。
我看不见你，也听不见你，
但我知道你就在那边。
我常常叫着你的小名，
还声称，那回声
是你在答应我的呼唤。
我们该怎样填平这鸿沟？
不能靠手牵手
不能靠话语甜。
我曾想，也许
用泪水能把它填满；
可现在，我想
用笑声让它塌成废墟一片。

在一起睡

凯瑟琳·曼斯菲尔德

在一起睡……
你是多么疲倦！
我们的屋子多么温暖……
这炉火
映照着墙壁，天花板和大白床！
我们说着悄悄话，像孩子一样，
一会儿是我，一会儿是你，
睡了一阵子，醒过来——
"亲爱的，我一点也不想困"，
总是这样说，你或者我。

有一千年了吧？
我在你的怀里醒来——
你还在酣睡——
我听见绵羊过路，得得的蹄声一片。
我轻轻地溜下地，悄悄地来到
挂着帘子的窗前，
望着羊群踏雪过，
而你还在酣眠。

纷至沓来的想法，像羊群，

在它们的牧人"恐惧"统领下，颤抖着，

在严寒中凄凉地走过，进入我心房的围栏！

一千年……

不就是昨天吗？

两个孩子，本来离得远远，

在黑暗中贴得紧紧的，

躺在一起睡？

你看你多么疲倦！

我为何选择红色

麦克迪尔米德

我投入战斗，穿一身红色服装，
像加里波第①选择红衫一样，
因为战场上，几个穿红衫的人，
像是一大群——
十个人，你以为是一百；
一百个人，你会当成一千。
在敌人的步枪瞄准器里，
红色显得摇晃，
他无法瞄准。
当然，最好的理由是——
穿红衫的人既不能退却，也不能躲藏。

注　① 加里波第（1807—1882），意大利民族解放运动领袖，1860 年组织红衫军抵抗奥地利占领军，解放了西西里和那不勒斯。

农村

R. S. 托马斯

一条不像样的街道，像样的房子很少；
一条小路
从唯一的酒店，通到唯一的杂货铺，
到头了，在小丘上隐没。

青草长年累月地蔓延，像绿色的浪
把小丘渐渐淹没，越来越靠近
往昔岁月这个最后的据点。

很少有啥新闻，灼热的阳光下
黑狗咬跳蚤足以记载。
那个走门串户的姑娘，急匆匆的步伐
倒是给平淡的日子增添了两重光彩。

那么就这样过下去吧，
围绕着你慢慢地转动着整个世界；
它无比辽阔，意蕴丰富，
像巨人柏拉图孤寂的心灵所做的安排。

佃户们

R. S. 托马斯

这是一幅令人痛心的风景。

这里推行的是原始的农业，

每个农庄都有它老辈的祖宗；

长满老茧的手抓住支票簿，

像慢慢拉紧套在脖子上的胎盘。

朋友来访，谈话是老人的垄断，

孩子在厨房里听，

愤然离开，去迎接曙光的初现。

他们在等待有人死去，

这些人的名字，就像他们摆弄的土壤，

让人心生怨言。

在垄沟清澈的水洼里，

他们察看着自己日渐苍老的容颜，

身边乌鸦的伴唱令人恐惧，

那歌声里明明有爱的许愿。